TINO

# Weihnachtsgeschichten

Mit Bildern von Silke Voigt

Ravensburger Buchverlag

Bibliografische Information Der Deutschen Nationalbibliothek:

Die Deutsche Nationalbibliothek verzeichnet diese Publikation
in der Deutschen Nationalbibliografie.
Detaillierte bibliografische Daten sind im Internet
über **http://dnb.d-nb.de** abrufbar.

## Für Hede, Janik und Oma

1 2 3   10 09 08

Ravensburger Leserabe
© 2008 Ravensburger Buchverlag Otto Maier GmbH
Umschlagbild: Silke Voigt
Umschlagkonzeption: Sabine Reddig
Redaktion: Sabine Schuler
Printed in Germany
ISBN 978-3-473-36354-4

www.ravensburger.de
www.leserabe.de

# Inhalt

Die Weihnachtsbäckerei 4

Das geheime Weihnachtsgeschenk 19

Der Weihnachtsstern 30

Leserätsel 41

# Die Weihnachtsbäckerei

„Alle Jahre wieder …"
Im Radio läuft Weihnachtsmusik.
Marie und ihre Eltern
backen Weihnachtsplätzchen.

4

Marie holt das fertige Gebäck
aus dem Ofen
und legt es auf den Tisch.

„Sieh mal",
sagt Marie zu ihrer Mutter.
„Auf dem Tisch
sehen die Plätzchen aus
wie eine Weihnachtsstadt."

Die Mutter nickt
und lacht Marie an.
„Stimmt", sagt sie.
„Das sieht tatsächlich
wie eine Weihnachtsstadt aus."

Es gibt leckere Lebkuchenhäuser,
kleine Engel aus Mandelteig,
glitzernde Zimtsterne,
weiß gepuderte Marzipanbäume
und einen herrlichen Schokomond.

Marie freut sich.
Aber – oh Schreck! –
plötzlich merkt Marie,
dass ihr Fingerring fehlt.

Marie wird es heiß und kalt.
Wo ist ihr schöner Ring?

Mama, Papa und Marie
suchen den Ring überall.
Doch der Ring
bleibt verschwunden.
Irgendwann geben sie
die Suche auf.
Traurig geht Marie zu Bett.

In der Nacht hat Marie
einen seltsamen Traum.
Sie träumt
von der Weihnachtsstadt,
die sie gebacken haben.
Am Himmel
leuchten die Sterne.
Richtige Zimtsterne!

Der Mond erhellt
die Weihnachtsstadt.
Es schneit Puderzucker.
Marie geht eine Allee
aus Marzipanbäumen entlang.
Da sieht sie
ein Lebkuchenhaus.

Aus dem Lebkuchenhaus
ertönt Musik.
Neugierig öffnet Marie die Tür.

Sie sieht viele Engel,
die Plätzchen backen.

„Entschuldigt bitte,
dass ich störe",
sagt Marie.
„Aber habt ihr vielleicht
meinen Ring gesehen?"

„Natürlich",
antwortet einer der Engel.
„Deinen Ring
hat der Schokomond verschluckt."

Marie will etwas sagen,
doch da wacht sie auf.
Schnell springt sie aus dem Bett
und läuft in die Küche.
Ihre Eltern sitzen am Tisch
und frühstücken.
Papa will gerade
in den Schokomond beißen.

„Nein!", ruft Marie.
Sie reißt ihrem Vater
den Schokomond aus der Hand.

Mama und Papa
sind sehr verwundert.
So kennen sie ihre Tochter
gar nicht.

„Entschuldigung",
sagt Marie verlegen.
Dann bricht sie
den Schokomond entzwei.
Und was findet sie?
Ihren Ring!

# Das geheime Weihnachtsgeschenk

Julian hat ein tolles Geschenk
für seine Eltern.
Er hat es letzte Woche
selbst gebastelt.

Das Geschenk ist nicht groß.
Aber es ist schön.
So ein schönes Geschenk
hat Julian noch nie gemacht.

Julians Geschenk ist rund.
Es fühlt sich weich an
und duftet nach Weihnachten.

Julians Geschenk ist geheim.
Deswegen hat er es versteckt.
An einem Platz,
wo es niemand findet.
Nicht mal Julian.

Julian sucht überall.
In der Bücherkiste,
in der Schultasche,
unter dem Bett.
Nichts.

„Ich habe das Geschenk
so gut versteckt,
dass ich es selber
nicht mehr finde",
sagt Julian.

Und heute ist Weihnachten!
Julian ist verzweifelt.

Da fällt ihm ein,
wo das Geschenk sein könnte.
In Papas Fahrradtasche!

Julian sieht aus dem Fenster.
Da ist Papa – auf dem Rad!
Julian rennt aus dem Haus
und läuft Papa hinterher.

Auf dem Weihnachtsmarkt
holt er ihn ein.
„Papa!", ruft Julian.
Aber das ist nicht Papas Rad.
Das ist auch nicht Papa.

Das ist der Weihnachtsmann.
Natürlich nicht
der echte Weihnachtsmann.
Sondern so einer,
der vor den Kaufhäusern
Geschenke an Kinder verteilt.

Der Mann lächelt Julian an.
„Du hast Glück", sagt er.
„Ein einziges Geschenk
habe ich noch.
Es ist ein besonderes Geschenk!"

Der Mann legt Julian
das Geschenk in die Hand.
Er zwinkert Julian zu.
Dann radelt er davon.

Julian betrachtet das Geschenk
in seiner Hand.
Julian bekommt große Augen.

Das gibt es doch nicht:
Das Geschenk ist rund,
es fühlt sich weich an,
und es duftet nach Weihnachten.
Es ist – Julians geheimes Geschenk!

## Der Weihnachtsstern

Lukas und Lea
schmücken den Weihnachtsbaum.
Da merken sie,
dass der Stern für die Spitze fehlt.
Das ist aber schade.

Die beiden sehen
aus dem Fenster.
War da nicht eine Sternschnuppe?

„Wenn man eine Sternschnuppe sieht,
hat man einen Wunsch frei",
sagt Mama.

Lukas und Lea laufen hinaus.
Sie wissen schon,
was sie sich wünschen.
Einen Stern für den Baum.

„Wo wollt ihr hin?", fragt Papa.
Beim Hinauslaufen drehen sich
die Kinder um.
„Die Sternschnuppe suchen!",
ruft Lukas.

Mama lacht.
„Kommt nicht zu spät!", sagt sie.
„Versprochen", antworten die Kinder.

Lukas und Lea
stapfen durch den Schnee
den kleinen Berg hinauf.

Am Waldrand
steht eine Futterkrippe.
Aber glitzert da
nicht etwas im Schnee?

Lukas und Lea
reiben sich die Augen.
Das ist ja ein Weihnachtsstern!

Er schimmert hell im Mondlicht.

„Ist das etwa die Sternschnuppe,
die wir vorhin gesehen haben?",
fragt Lea ihren Bruder.
„Kann man Sternschnuppen
überhaupt finden?"
Lukas nickt.
„Vielleicht kann man
 Sternschnuppen finden",
sagt er nachdenklich.
„Manchmal geschehen Wunder."

Da sehen die Kinder
ein geheimnisvolles Leuchten.
Ein Licht tanzt
zwischen den Bäumen.
Es sieht verlockend aus.

Lukas will darauf zugehen.
Aber seine Schwester
hält ihn zurück.
„Wir müssen nach Hause",
sagt Lea.
„Das haben wir
Mama und Papa versprochen."

Behutsam nehmen die Kinder
den schimmernden Weihnachtsstern
in die Hand.
Wie schön er ist!

Dann gehen die beiden nach Hause.
Lukas und Lea freuen sich:
Da werden ihre Eltern
aber Augen machen!

**TINO** wurde 1962 in Augsburg geboren. Er machte eine Ausbildung zum Erzieher und studierte dann Sozialpädagogik. Seit 1990 ist er freiberuflich als Autor tätig. Manche seiner Bücher hat er auch selbst illustriert. Er wohnt mit seiner Frau und seinem Sohn Janik in der „Villa Wundertüte" in der Nähe von Karlsruhe. Im Leseraben sind u. a. von ihm erschienen: „Feuerwehrgeschichten", „Mein Freund, der Delfin" und „Meine beste Freundin".

**Silke Voigt** wurde in Halle an der Saale geboren. Sie hat zunächst an der Kunsthochschule Burg Giebichenstein in Halle und später in Münster Grafikdesign studiert. Seit 1996 arbeitet sie als freiberufliche Illustratorin. Für den Leseraben hat sie schon zahlreiche Bücher illustriert, darunter „Flupp, der kleine Flaschengeist", die „Drachengeschichten" und „Meine beste Freundin". Sie lebt mit ihrem Mann und ihren beiden Kindern in Welver.

# Leserätsel

**mit dem Leseraben**

Super, du hast das ganze Buch geschafft!
Hast du die Geschichten ganz genau gelesen?
Der Leserabe hat sich ein paar spannende
Rätsel für echte Lese-Detektive ausgedacht.
Mal sehen, ob du die Fragen beantworten kannst.
Wenn nicht, lies einfach noch mal
auf den Seiten nach. Wenn du die richtigen
Antwortbuchstaben in die Kästchen auf Seite 42
eingesetzt hast, bekommst du das Lösungswort.

**Fragen zu den Geschichten**

**1.** Was machen Marie und ihre Eltern?
(Seite 4)
A: Sie basteln Strohsterne.
E: Sie backen Weihnachtsplätzchen.

**2.** Wo findet Marie ihren Ring wieder? (Seite 18)

　　N: Im Schokomond.

　　T: Unter ihrem Bett.

**3.** Wo hat Julian das Geschenk für seine Eltern versteckt? (Seite 21)

　　R: In seiner Schultasche.

　　G: An einem Platz, wo es niemand findet.

**4.** Was fehlt am Weihnachtsbaum von Lukas und Lea? (Seite 30)

　　E: Der Stern für die Spitze.

　　U: Die Kerzen und die Kerzenhalter.

**5.** Was nehmen Lukas und Lea mit nach Hause? (Seite 39)

　　L: Den schimmernden Weihnachtsstern.

　　P: Zweige von den Bäumen im Wald.

## Lösungswort:

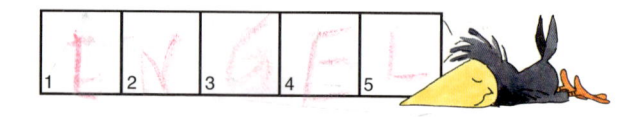

| E | N | G | E | L |
|---|---|---|---|---|
| 1 | 2 | 3 | 4 | 5 |

# Rabenpost

Super, alles richtig gemacht! Jetzt wird es Zeit für die RABENPOST.
Schicke dem LESERABEN einfach eine Karte mit dem richtigen Lösungswort. Oder schreib eine E-Mail. Wir verlosen jeden Monat 10 Buchpakete unter den Einsendern!

An den LESERABEN
RABENPOST
Postfach 20 07
88 190 Ravensburg
Deutschland

leserabe@ravensburger.de
Besuch mich doch auf meiner Webseite:
www.leserabe.de

**Ravensburger Bücher** vom Leseraben

# Leserabe

**1. Lesestufe** für Leseanfänger ab der 1. Klasse

Feengeschichten
Vanessa Walder · Betina Gotzen-Beek
ISBN 978-3-473-36204-2

Rittergeschichten
Heinz Janisch · Birgit Antoni
ISBN 978-3-473-36217-2

Der kleine Drache und der Monsterhund
Inge Meyer-Dietrich · Almud Kunert
ISBN 978-3-473-36218-9

**2. Lesestufe** für Erstleser ab der 2. Klasse

Rettung für Flöckchen
Claudia Ondracek · Irmgard Paule
ISBN 978-3-473-36208-0

Nick Nase und der geheimnisvolle Koffer
Marjorie Weinman Sharmat · Detlef Kersten
ISBN 978-3-473-36173-1

Drachengeschichten
Sabine Rahn · Silke Voigt
ISBN 978-3-473-36222-6

**3. Lesestufe** für Leseprofis ab der 3. Klasse

Eine Klasse im Fußballcamp
Manfred Mai
ISBN 978-3-473-36210-3

Leonie ist verknallt
Manfred Mai
ISBN 978-3-473-36214-1

Der Meisterdieb
Ein Krimi aus dem Mittelalter
Fabian Lenk
ISBN 978-3-473-36187-8

**Ravensburger**

www.ravensburger.de / www.leserabe.de